Soy camarero

EL CLIENTE NO SIEMPRE
TIENE LA RAZÓN

Soy camarero

EL CLIENTE NO SIEMPRE TIENE LA RAZÓN

UNA HISTORIA DE
SOY CAMARERO
ILUSTRADA POR
LUCREATIVO

Grijalbo

Papel certificado por el Forest Stewardship Council®

MIXTO
Papel procedente de fuentes responsables
FSC® C117695
FSC
www.fsc.org

Primera edición: mayo de 2020
Primera reimpresión: septiembre de 2020

Printed in Spain – Impreso en España

ISBN: 978-84-253-5851-7
Depósito legal: B-6.463-2020

Compuesto en M. I. Maquetación, S. L.

Impreso en Gráficas 94, S. L.
Sant Quirze del Vallès (Barcelona)

GR 5 8 5 1 7

Penguin
Random House
Grupo Editorial

SIEMPRE SE HA DICHO QUE EL TRABAJO DE LOS CAMAREROS Y CAMARERAS DA PARA ESCRIBIR UN LIBRO, PUES... ¡AQUÍ LO TENÉIS! ESTA NOVELA GRÁFICA VA POR TODOS NOSOTROS, LOS TRABAJADORES DE LA HOSTELERÍA QUE TANTO NOS ESFORZAMOS POR QUE LOS CLIENTES SE VAYAN CON UNA SONRISA. ESPERO QUE AL LEER NUESTRA HISTORIA, VUESTRA Y MÍA, LOGREMOS ARRANCAROS UNA SONRISA.

¡BUEN SERVICIO!

BAR MANOLO
10,00.-

MENU
POR MUY SOBRINO MÍO QUE SEAS, SI TE VUELVO A VER CON EL MÓVIL EN HORAS DE TRABAJO... ¡TE PONGO DE PATITAS EN LA CALLE!
TÍO MANOLO, SI SOLO ESTABA MIRANDO LA HORA...
¿AQUÍ SE VIENE A TRABAJAR O A DISCUTIR?

POR LO VISTO SE VIENE A ESTAR TODO EL DÍA CON EL MÓVIL, ¿EH, CHRISTIAN?
ESO TE PASA POR CONTRATAR A ALGUIEN SIN GANAS NI VOCACIÓN...
PARA LO QUE COBRO, YA HAGO MÁS QUE SUFICIENTE CON VENIR Y HACER BONITO.

¿QUÉ HAS CONTRATADO, MANOLO? ¿UN ESPANTAPÁJAROS?
¿QUÉ DICES, PACO?
ESE MUCHACHO QUE ESTÁ AHÍ DE PIE COMO UN PASMAROTE...
PACO, PARA ESPANTAPÁJAROS YA TE TENEMOS A TI TODO EL DÍA SENTADO EN ESE TABURETE.

HOLA...
ME LLAMO JORGE Y VENGO POR LO DEL TRABAJO QUE ME OFRECISTEIS COMO CAMARE...
SÍ, SÍ...
AHÍ TRAS LA BARRA TIENES EL MANDIL Y LA COMANDA...
CUALQUIER DUDA, AQUÍ TIENES A NOELIA, LA CAMARERA, Y EN COCINA A FANI.

ESPERO QUE NO SEA MI SUSTITUTO, QUE EL VERANO ESTÁ A LA VUELTA DE LA ESQUINA Y NECESITO PASTA PARA LOS FESTIVALES...
¿QUÉ HACES AHÍ PARADO? NO ESPERARÁS UN DISCURSO DE BIENVENIDA...
SIRVE LAS MESAS UNO Y TRES, QUE SON MÁS FACILITAS PARA EMPEZAR.
Y SI TIENES ALGUNA DUDA, INTENTA SOLUCIONARLA TÚ SOLITO.

BUENOS DÍAS... ¿QUÉ DESEAN?
BUENOS D...
UN CAFÉ CON LECHE DESCAFEINADO, DE MÁQUINA, CORTO DE CAFÉ, CON LECHE DE SOJA TIBIA Y DOS DE ESTEVIA.
PARA MÍ, UN CORTADO, GRACIAS.
¡MARCHANDO!
¡QUÉ MIRADA! AL QUE HA DEJADO CORTADO ES A MÍ...

CHRISTIAN, AQUÍ TE DEJO LO DE LA MESA TRES.
YA VA... YA VA...

¡VE CON CUIDADO! ¡PODRÍA HABERLE CAÍDO LA BANDEJA ENCIMA A MI NIÑO!
Y TÚ PODRÍAS ESTAR PENDIENTE DE TU HIJO Y NO SOLO DE TU AMIGA Y PASANDO DE TODO...

MIENTRAS LOS CAMAREROS SE ENCARGAN DE LAS MESAS, A CHRISTIAN SE LE ACUMULAN LAS COMANDAS SOBRE LA BARRA, Y A MANOLO NO LE CUADRAN LAS CUENTAS...

CHRISTIAN, ¿QUIERES QUE ENTRE UN MOMENTO Y TE AYUDE CON LAS COMANDAS?
COMO QUIERAS. ES QUE HAY MUCHOS QUE PIDEN CARAJILLOS QUEMADOS Y COSAS RARAS QUE AÚN NO SÉ HACER...
VENGA, QUE ES SUPERFÁCIL. ¡YA VERÁS!
II CAFÉ CON LECHE
I CORTADO
II CARAJILLO
I SOLO
I CORTADO CON LECHE DE SOJA
III CAFE CON LECHE
II SOLO CON HIELO
POR ÚLTIMO, UN CHORRITO DE BRANDY Y LISTO.
¡QUÉ BUENA PINTA TIENE ESE CAFÉ!

JEFE, ¿TE OCURRE ALGO?
PUES SÍ, LA VERDAD.
YA... EL NUEVO Y FLAMANTE GASTROBAR.
EXACTO, UNO DE ESOS CON PLATOS MINÚSCULOS...
CON NOMBRES TAN LARGOS QUE CUANDO EL CAMARERO TERMINA DE RECITARLOS, EL CLIENTE YA VA POR EL CAFÉ.
PUES ESE RESTAURANTE SE NOS COME LA TOSTADA Y NO SÉ QUÉ HACER PARA GANAR MÁS CLIENTELA.
PIENSA QUE ACABAN DE ABRIR Y ES NORMAL QUE LA GENTE VAYA A CURIOSEAR, PERO AQUÍ TIENES CLIENTES FIELES.
PERO NO ES SUFICIENTE PARA PAGAR LAS FACTURAS.

RAMEN CASTIZO EN TRES ACTOS
(COCIDO MADRILEÑO)
MEDALLÓN DE PAPA HORNEADA CON EMULSIÓN DE ACEITE Y CÍTRICOS
(PATATAS BRAVAS)
SEMICUAJO DE CAMPERO CON SECRETO DE CEBOLLA Y PATATA POCHADA
(TORTILLA DE PATATAS)
BOMBÓN DE BECHAMEL ENVUELTO EN TEMPURA DE PAN HIDROLIZADO
(CROQUETAS)
YA INTENTÉ CAMBIAR LOS NOMBRES DE LOS PLATOS PARA HACERLO MÁS NOVEDOSO, PERO NO CUAJÓ...

BUFF... AQUELLO FUE UN DESASTRE.
NADIE ENTENDÍA NADA.
¡¡¡NI SE OS OCURRA CAMBIARME LOS NOMBRES DEL MENÚ OTRA VEZ!!!
BUENO, CHICOS, YA SE NOS OCURRIRÁ ALGO. NOELIA, MANDA PRONTO A JORGE A CASA QUE NO ESTOY PARA PAGAR EXTRAS.

MANOLO TIENE RAZÓN. EL GASTROBAR ESTÁ HASTA ARRIBA DE GENTE SIEMPRE.

COMO CADA MAÑANA, EN EL BAR ESTÁN LOS CLIENTES DE TODA LA VIDA. ENTRE ELLOS, PACO, EL TÍPICO "CLIENTE TELARAÑA" QUE SE PASA MÁS TIEMPO EN LA BARRA QUE EN CASA.

BUENOS DÍAS. ¿QUÉ DESEAN TOMAR?
UN CORTADO, POR FAVOR.
¡YA ERA HORA!
YO LO DE SIEMPRE...
DISCULPE, PERO TODAVÍA NO HE MEMORIZADO SU PEDIDO...
PUES VAYA, TU COMPAÑERA SÍ LO SABE.
PARA ELLA ES UN CAFÉ CON LECHE DESCAFEINADO, DE MÁQUINA, CORTO DE CAFÉ, CON LECHE DE SOJA TIBIA Y DOS DE ESTEVIA. POR CIERTO, ¿CÓMO TE LLAMAS? ASÍ, MI TÍA EN VEZ DE CON EFECTOS SONOROS PODRÁ LLAMARTE POR TU NOMBRE.
ME LLAMO JORGE, ¿Y TÚ?
YO, DANA. ¡ENCANTADA!
YA ESTÁ BIEN DE PRESENTACIONES, QUE TENEMOS PRISA... TRAE LOS CAFÉS.

LA MAÑANA HA PASADO TRANQUILA, PERO LA TARDE AÚN MÁS...

B A R
MÍRALOS, TODO LLENO... Y NUESTRA TERRAZA VACÍA.
OYE, MANOLO, YA SÉ QUE ACABO DE LLEGAR, PERO EL OTRO DÍA ME QUEDÉ PENSANDO... ¿Y SI HACEMOS LOS VIERNES NUESTRO DÍA ESPECIAL DE LA SEMANA Y PONEMOS UNA TAPITA GRATIS CON LA CAÑA O EL REFRESCO?
MMM... NO SÉ... ¿GRATIS?
SEGURO QUE ATRAE A MÁS GENTE Y AL FINAL SE CONSUME MÁS. POR PROBAR...
DEJA QUE ME LO PIENSE.
DE MOMENTO HOY YA PODEMOS CERRAR, QUE SOLO QUEDA PACO.

PASAN LOS DÍAS Y, COMO SI FUERA CASI UNA TRADICIÓN, CHRISTIAN NO HA LLEGADO TODAVÍA...

MIENTRAS TANTO, EL SERVICIO CONTINÚA...

Consejos para los clientes que quieran ir al infierno
LLAMAR AL CAMARERO CON SILBIDOS.
DEJAR LA EDUCACIÓN Y LA PACIENCIA EN CASA.
TIRAR LA CENIZA AL SUELO AUNQUE HAYA UN CENICERO EN LA MESA.
NO SALUDAR NI AL ENTRAR NI AL SALIR.
CUANDO LLEGA LA HORA DEL CIERRE, PEDIR OTRA CONSUMICIÓN CON CALMA.
A LA HORA DE PAGAR, DAR GOLPECITOS CON UNA MONEDA EN LA BARRA.

CHAVAL, CUANDO QUIERAS YA PUEDES SENTARTE A ALMORZAR.
¡VOY!
¿DÓNDE ESTÁS, DANA?
¡HOLA, JORGE!
¡QUÉ VERGÜENZA!
¡NOELIA, POR FAVOR, ATIENDE TÚ LA MESA DE DANA Y SU TÍA!
¿QUÉ PASA? ME QUIERES ENCASQUETAR A LA BORDE DEL MOÑO, ¿NO? VALE, PERO ME DEBES UNA.

UNOS DÍAS MÁS TARDE, EL BAR SIGUE SIN TENER DEMASIADA CLIENTELA...

LOS LUNES SON EL MEJOR DÍA PARA JORGE...

ESTUPENDO. CUANDO TODOS TRABAJAN, YO LIBRO. CUANDO TODOS LIBRAN, YO TRABAJO.
¡BIP! ¡BIP!
¡LO SABÍA! ¡SABÍA QUE ESA SONRISA NO ERA POR LO BUENOS QUE HAGO LOS CORTADOS!
DANA HA HECHO MATCH!
IBIR MENSAJE
HOLA...
TAP
TAP
TAP
TAP
ESPACIO
UNA HORA MÁS TARDE...
UFFF... NO RESPONDE. ¡QUÉ VERGÜENZA CUANDO VUELVA A VERLA!

LOS LUNES PASAN RÁPIDO, EN CAMBIO EL RESTO DE LA SEMANA SE HACE ETERNO CON LA MISMA RUTINA DE SIEMPRE.

AUNQUE TODO ESTÁ A PUNTO DE CAMBIAR...

MENÚ
VIERNES ESPECIALES
TAPA GRATIS CON UNA CAÑA
PUES ASÍ SE PREPARA UN GIN-TONIC.
PERO EL GIN-TONIC ES GINEBRA CON LIMÓN, ¿NO?
NO, ESO ES GIN-LEMON.
Y SI ES CON COCA-COLA, ¿CÓMO SE LLAMA? ¿GIN-COLA?
¿Y TU CHISTE CÓMO SE LLAMA? ¿GIN-GRACIA?
¡YA VA!
¡CLINC! ¡CLINC! ¡CLINC!
¡PERDÓN! ¿TE COBRAS, POR FAVOR?

¡GUAPA! ¡MORENA! OTRA COPA.
GREGORIO, VIENE USTED TODOS LOS DÍAS Y LE HE DICHO MIL VECES CÓMO ME LLAMO.
HASTA QUE NO ME LLAME POR MI NOMBRE, ¡NO LE SIRVO NADA MÁS!
¡VAYA HUMOS! EN MIS TIEMPOS, ESO ERA UN HALAGO.
POR SUERTE, "SUS TIEMPOS" HACE DOSCIENTOS AÑOS QUE PASARON.
AHORA LE TRAIGO LA COPA, PERO RECUERDE: NO-E-LIA.

¡LA CUENTA!
¡CAMARERA!
¡CUANDO PUEDAS!
¡DOS CAÑAS!
¡QUE SEAN DOS!
¡PONME OTRA!
BAR M
BUENO, PLANTILLA.
QUIERO DAROS LAS GRACIAS...
¡OS LO HABÉIS CURRADO!
DE NADA, TÍO.
ME HA MOLADO UN HUEVO
HACER GIN-TONICS.
GRACIAS, JORGE.
BUENO, VÁMONOS YA
A CASA QUE EN UNAS HORAS
ESTAMOS OTRA VEZ AQUÍ.

LOS VIERNES ESPECIALES HAN SIDO UN AUTÉNTICO REVULSIVO. ¡HASTA CHRISTIAN HA COMENZADO A LLEGAR MÁS TEMPRANO!

SI EXISTIERA UN CONCURSO DE TETRIS...
¡GANARÍA SEGURO!
¡MIRA, JORGE! ¿SE HA TOMADO EL CAFÉ O SE HA ENROLLADO CON ÉL?
HOLA, ¿LES PUEDO AYUDAR?
BUENOS DÍAS, ¿QUÉ DESEAN TOMAR?
¡BIP! ¡BIP! ¡BIP!
¡BIP! ¡BIP!
NI CASO...
AHORA, POR MALEDUCADOS, OS VAIS A ESPERAR.
¡EY! ¿NOS ATIENDES?

Consejos para los clientes que quieran ir al cielo
SALUDAR AL ENTRAR Y DESPEDIRSE AL SALIR SIEMPRE SE AGRADECE.
TENER PACIENCIA Y ENTENDER QUE CUANDO EL BAR O EL RESTAURANTE ESTÁN LLENOS, SE PUEDE TARDAR MÁS DE LO NORMAL EN SER ATENDIDO.
DEJAR EL MÓVIL CUANDO EL/LA CAMARERO/A SE ACERCA A ATENDER.
DEJAR LOS PLATOS Y LOS VASOS DE MANERA QUE EL/LA CAMARERO/A PUEDA LLEVÁRSELOS CÓMODAMENTE
DEVOLVER LA SONRISA, SER AGRADABLE Y ENTENDER QUE EL/LA CAMARERO/A NO TIENE LA CULPA DE QUE TENGAS UN MAL DÍA.

Y HABLANDO DE CLIENTES QUE PODRÍAN IR AL CIELO, HACÍA DÍAS QUE DANA NO APARECÍA POR EL BAR...

VIERNES
CAÑA + TAPA GRATIS
DOS CAÑAS Y UNAS TAPAS.
CUANDO PUEDAS.
OTRO MONTADITO DE ESOS.
¡CAMARERO!
¡¡CHHSSSTTT!!
¿¡NOS ATIENDES!?
¡SEIS CAÑAS PARA LA MESA TRES!
¡ME FALTAN OTRAS DOS!
¡OTRA MÁS!
¡AHORA NO PUEDO!
MENU

PERDONA, ¿NOS TRAES LA CUENTA, POR FAVOR?
LA CUENTA DE LA DOS, POR FAVOR.
¡AQUÍ TIENE!
PERDONA, ¿NOS PUEDES DIVIDIR LA CUENTA ENTRE LOS SEIS?
PERO A DOS SOLO LES COBRAS LA BEBIDA, UNO CON TARJETA Y OTRO EN EFECTIVO... EL RESTO A PARTES IGUALES, MENOS ELLOS QUE HAN COMPARTIDO PLATO.
+ % X + = - - X + % %

¡IGUAL PIENSAN QUE TENGO TENTÁCULOS EN LUGAR DE BRAZOS!
¡¡CAMARERA!!
¡¡CAMARERA!!
¿NOS TRAES LA CARTA?
¡¡PSSSS!!
LA CUENTA Y EL DATÁFONO, POR FAVOR.
¡AQUÍ!
¡¡FFIIIIUUUU!!
PERDONA, ¿NOS ATIENDES?
CUANDO PUEDAS... LA CUENTA.
LLEVAMOS UN RATO YA, ¿EH?
¡AQUÍ!
NOS FALTAN LAS VUELTAS.
¡¡¡PACIENCIA, POR FAVOR!!! SI TENÉIS PRISA, HABER VENIDO ANTES.
¡OH, NO!
¡BRAVO, CHRISTIAN! YA TIENES UNA MENOS QUE FREGAR.
¡¡CRASH!!
QUÉ VA, SIEMPRE SE ROMPEN CUANDO ESTÁN LIMPIAS.

¡VAYA!
NO HAY NADIE EN
EL GASTROBAR...
BAR MANOLO
GASTROBAR
GASTROBAR POMPEYA
PARECE
QUE EMPIEZO
A REMONTAR...

UNA MAÑANA, LE TOCA A JORGE ABRIR CUANDO VE ALGO RARO EN EL GASTROBAR.

Y ES QUE HAY COSAS QUE NO CAMBIAN NUNCA...

PERDONA, HACE MEDIA HORA QUE HEMOS PEDIDO Y TODAVÍA NO NOS HABÉIS TRAÍDO NADA.
DISCULPAD, VOY A PREGUNTAR EN COCINA A VER QUÉ HA PASADO.
FANI, ¿SALE EL PEDIDO DE LA MESA CINCO?
NO TENGO NINGUNA NOTA PARA LA CINCO.
¿DÓNDE LA HABRÉ METIDO? JURARÍA QUE SE LA HABÍA DADO...
Y SI...

¡OH! ¡OH!
NO ME LO PUEDO CREER...
MESA 5
COCA-COLA II
SANDWICH I
CROISSANT I
¡LA TENGO! ¡LA TENGO!
FANI, POR FAVOR... HAZME ESTA COMANDA ANTES QUE NADA, QUE SE ME OLVIDÓ TRAÉRTELA ANTES...
PERDONAD, HEMOS TENIDO UN PROBLEMA CON LA PLANCHA PERO EL PEDIDO YA ESTÁ DE CAMINO.
GRACIAS...
¡¡UFFFFF!! ¡POR LOS PELOS!

PUFFF
PUFFF
PUFFF
¡UPS!
BUENO, YA CAMBIARÁ EL BARRIL EL SIGUIENTE QUE PONGA UNA CAÑA.
MANOLO, PONNOS UN PAR DE CAÑAS CUANDO PUEDAS.
¡¡PPPUFFFFFS!!

QUE DÍA MÁS FLOJO LLEVAMOS... NO HA VENIDO NADIE.
YA SERÍA MALA SUERTE QUE ENTRARA ALGUIEN JUSTO AHORA...
BAR MAN
10 -
¿HOLA?
¿ALGUIEN TRABAJA AQUÍ?
¿NOS PODÉIS ATENDER?
ES INCREÍBLE. LA LEY DE MURPHY. ¡¡NO FALLA!!
¡¡AHORA MISMO LES ATIENDO!!

PARA ALEGRÍA DE MANOLO, LOS DÍAS TRANQUILOS SON CADA VEZ MENOS Y LA TERRAZA ESTÁ LLENA DE GENTE, MIENTRAS QUE ENFRENTE PARECE QUE LAS COSAS HAN CAMBIADO...

HOMBRE, ÚLTIMAMENTE NO TENÍAN MUCHA CLIENTELA.
ESO ES VERDAD... HUBO UN BOOM CUANDO ABRIERON, PERO SE VE QUE YA SE HA PASADO LA MODA.
SEGURAMENTE SERÁ LO QUE DICE MANOLO. NO CREO QUE EN TAN POCO TIEMPO HAYAN DECIDIDO CERRAR, ¿NO?
YA SE VERÁ... ¡VAMOS, CHICOS! A MOVERSE, QUE PARECEMOS UNAS COTORRAS.

MANOLO
PERDONA, ¿ME PUEDES TRAER UN VASO DE AGUA? PERO DEL GRIFO NO.
¿LE TRAIGO UNA BOTELLA PEQUEÑA DE AGUA?
NO, UN VASO.
SEÑOR, PERO EN VASO TIENE QUE SER DEL GRIFO.
VALE, VALE... NO ME PONGAS NADA, PERO YA OS PUNTUARÉ COMO TOCA EN TRIPADVISOR.
¡¡GRRRR!!
¡¡ALGUNOS CLIENTES DEBERÍAN TENER PROHIBIDO SALIR A LA CALLE!!

¿TE ACUERDAS DE ESE CLIENTE ESTÚPIDO QUE VINO EL OTRO DÍA? HA VUELTO Y ME HA PEDIDO UN VASO DE AGUA Y EL TÍO QUIERE QUE SEA DE BOTELLA.
¿QUÉ PASA? DIME QUE NO ESTÁ DETRÁS DE MÍ...
JI, JI, JI
HOLA, SEÑOR...
¿ME PUEDES TRAER UN CENICERO? ASÍ NO TIRO LAS COLILLAS AL SUELO.
AQUÍ TIENES.

ESTÁ CLARO QUE HOY NO ES EL MEJOR DÍA PARA NOELIA...

JORGE, ¿TE APETECE SALIR UN RATO A TOMAR ALGO ESTA NOCHE?
¡QUÉ DICES! SI MAÑANA CURRAMOS.
YA, PERO NOS VOLVEMOS PRONTO A CASA. VENGA... QUE TODAVÍA NO HEMOS SALIDO JUNTOS...
¡VALE! PERO UNA COPA Y ME PIRO A CASA. ¿ENTENDIDO?

CHICOS, ¿QUIÉN DE VOSOTROS HA ESCRITO ESTA COMANDA?
?
?
YO. ¿POR?
PORQUE ARAMEO TODAVÍA NO ENTIENDO. VIENES Y ME LA DICTAS. ¡ANDA!
¡JA, JA, JA, JA, JA!
¿AHÍ PONÍA ESO? ¡COMO PARA DESCIFRARLO!

NOELIA, ¿TE VIENES A TOMAR UNAS COPAS CON NOSOTROS?
BAR MANOLO
¿UNAS? YO ME TOMO UNA Y ME VOY A CASA.
¡QUÉ VA! MAÑANA MADRUGO Y VOSOTROS TAMBIÉN. A VER CON QUÉ CARA ME APARECÉIS.
¡VENGA! VÁMONOS ANTES DE QUE ME ARREPIENTA.
¡BUENAS NOCHES, COMPIS! YA PODÉIS PORTAROS BIEN...

CHRISTIAN SE HA SALIDO CON LA SUYA Y JORGE Y ÉL HAN IDO A UN BAR DE COPAS DEL BARRIO...

¿TE GUSTA ALGUNA CLIENTA DEL BAR?
¡NO! ¿POR QUÉ LO DICES?
PORQUE SE TE NOTA UN MONTÓN...
ES LA QUE VIENE CON ESA MUJER ESTIRADA, ¿VERDAD?
DANA... LA CHICA DE LA QUE HABLAS SE LLAMA DANA, Y SÍ... ME GUSTA.
YO CREO QUE TÚ A ELLA TAMBIÉN LE GUSTAS, POR LA FORMA EN QUE TE MIRA. TÚ SERÁS EXPERTO EN CARAJILLOS, PERO YO SOY EXPERTO EN LIGOTEO.

ENTRE CHUPITOS, COPAS Y RISAS, LAS HORAS VAN PASANDO...

YO VOY PARA ALLÁ. BUENAS NOCHES Y... ¡TE VOY A MATAR! ERES UN LIANTE.
¡JA! ¡JA! ¡JA! AHORA LA CULPA SERÁ MÍA.
Y DE "BUENAS NOCHES" NADA... QUE YA ES DE DÍA. ¡JA! ¡JA! ¡JA!

¡CLACK!
¡CLACK!
¡BIIIPP!
¡BIIIPP!
¡BIIIPP!
6:30
NO VUELVO A SALIR JAMÁS.
BAR MANOLO
ESTA MAÑANA TE ODIO MUCHO. ¡ESTOY MOLIDO!

UFFF...
¡VAYA CARAS!
¿A QUÉ HORA OS
HABÉIS ACOSTADO?
CALLA, CALLA...
¡NUNCA MÁS!
MENU
¡ME DEBÉIS UNA!
NO VALÉIS UN
CÉNTIMO HOY.

NO PUEDO CON MI ALMA.
JORGE, ¿PUEDES VENIR UN MOMENTO?
ESPERO QUE NO SE ME NOTE LA RESACA...
NO SÉ SI LO SABES, PERO TU CONTRATO ACABA HOY...
SÍ, ES INCREÍBLE QUE HAYA PASADO TANTO TIEMPO...
PUES SÍ, TE CONTRATÉ EN MODO DE PRUEBA...

LO QUE ME FALTABA HOY... OTRA VEZ A LA COLA DEL PARO.
¡NO PONGAS ESA CARA! TERMINA UN CONTRATO, PERO EMPIEZA OTRO. Y ESTA VEZ UNO INDEFINIDO. SI QUIERES, CLARO.
¡YUHUU! ¡CLARO QUE QUIERO!
TE LO HAS GANADO. HAS TRABAJADO MUY DURO Y HAS CUIDADO EL BAR COMO SI FUERA TUYO.
POR CIERTO... NO SALGAS MÁS CON MI SOBRINO, NO TE SIENTA NADA BIEN.
¡GLUPS!

YO INDEFINIDO... Y DANA MEDIO DESAPARECIDA. ¿VOLVERÁ? AUNQUE SEA CON LA ESTIRADA DE SU TÍA...
ESTOY ROTO, TÍO.
NO VUELVO A BEBER EN MI VIDA.
CHICOS, MARCHAOS A CASA A DORMIR QUE YA ME QUEDO YO.
¡ERES LA MEJOR!
¡TE QUEREMOS!
¡SOIS UNOS PELOTAS! LARGO DE AQUÍ ANTES DE QUE ME ARREPIENTA.
ME VOY A LA CAMA DEL TIRÓN.
¡Y YO!

DISCULPEN, ¿EL CRÍO QUE ESTÁ CREANDO EL CAOS POR EL COMEDOR ES SUYO?
SÍ, PERDONA. ¡ES UN NIÑO!
¿PUEDEN ESTAR PENDIENTES DE ÉL? NI YO NI LOS DEMÁS CLIENTES SOMOS SU CANGURO. AQUÍ LA GENTE VIENE A RELAJARSE Y YO A TRABAJAR...
¡¡QUÉ DESFACHATEZ!! ¡NO VOLVEMOS MÁS! SI NO PUEDES AGUANTAR ESTAS COSAS, NO TE METAS A CAMARERA.
¡LO QUE ME FALTABA!

VUELVE A SER VIERNES Y EL BAR ESTÁ MÁS LLENO QUE NUNCA...

TERMINA EL DÍA Y, CUANDO VAN A CERRAR, OBSERVAN QUE EL GASTROBAR SIGUE CON LA PERSIANA BAJADA...

OTRO DÍA MÁS, JORGE ESTÁ ABRIENDO CUANDO VE MOVIMIENTO EN EL GASTROBAR...

HACE UN DÍA ESTUPENDO, PERO EN CUANTO JORGE COLOCA LA ÚLTIMA SILLA DE LA TERRAZA...

POR LA TARDE, MANOLO Y JORGE SE QUEDAN A SOLAS...

NO HAN PASADO NI DOS DÍAS CUANDO...

BAR M
PRÓXIMA APERTURA... ¿DE QUÉ?
¿CUÁNDO ABRIRÁN?
¿POR QUÉ AHORA?
CHICOS, ACOMPAÑADME TODOS FUERA UN MINUTO...
ÑOLO
¿LO VÉIS? ¡PRÓXIMA APERTURA! ¿QUÉ SERÁ?
CON LO BIEN QUE NOS IBAN LAS COSAS AHORA...

¡HOLA!
¿ME PONES UNA CAÑITA Y UNOS CACAHUETES, POR FAVOR?
¡AQUÍ TIENE! LE DEJO TAMBIÉN UN CUENCO PARA LAS CÁSCARAS
¡¡GRRRRR!! LE METÍA LA ESCOBA POR...

FANI,
¿LA SOPA DE LA MESA SEIS ESTÁ LISTA?
¡SÍ! PERO ENTRA A POR ELLA QUE ME PILLAS LIADA.
ESA ES, PERO TEN CUIDADO QUE QUEMA MUCHO.
¡SEGURO QUE NO ES PARA TANTO!
¡¡¡¡AAAAHHHHHHHHH!!!!
¿¿LA HAS SACADO DEL INFIERNO??
¡MIRA QUE TE LO HE DICHO!

LA COSTUMBRE DE LOS CAMAREROS ES LAVAR LOS UNIFORMES DE TRABAJO EN LOS DÍAS LIBRES.

MIENTRAS QUE LA COSTUMBRE DE ALGUNOS CLIENTES ES INTENTAR QUE LES FÍEN...

CHRISTIAN, POR FAVOR, ¿PUEDES ATENDER TÚ LA MESA CINCO?
PERO SI ES LA CHICA QUE TE MOLA, ¿NO?
SÍ, PERO... ME DA PALO. VE TÚ...
TÍA, ESPERO QUE ME ARREGLEN DE UNA VEZ EL MÓVIL, PORQUE LO NECESITO...
BUENO, DANA, TRANQUILA, QUE NADIE SE HA MUERTO POR ESTAR SIN MÓVIL.

¿Y ESTA CRUZADA DE CABLES A QUÉ SE DEBE?
¡DANA! QUE NO ME HA CONTESTADO PORQUE TIENE EL MÓVIL ROTO.
A VER, JORGITO... ¡HACE SEMANAS QUE ENVIASTE EL MENSAJE! Y LLEVARÁ SOLO UNOS DÍAS SIN MÓVIL. SI NO HA CONTESTADO... ¡LO VEO MÁS NEGRO QUE TU CAMISETA, AMIGO MÍO!
YO TENDRÉ POCA EXPERIENCIA EN ESTO DE SER CAMARERO, PERO ME PARECE QUE TÚ EN LO DEL AMOR VAS TODAVÍA CON LA "L".
PERO ¿POR QUÉ NO DEJAS DE ESPERAR Y LE HABLAS EN PERSONA? LA TIENES TODOS LOS DÍAS DELANTE... ¡PARECES UN MILENIAL!

COMO CADA VIERNES, EL BAR ESTÁ A TOPE. MANOLO Y CHRISTIAN NO PARAN EN LA BARRA MIENTRAS JORGE Y NOELIA SE ENCARGAN DE LAS MESAS.

BAR ANOLO
¡AQUÍ LLEGA MI SESIÓN ANTIESTRÉS!
¡¡¡CLAANCC!!! ¡¡¡CRSSSS!!!
¡QUÉ GUSTAZO! Y AHORA A CASA, QUE EN CUATRO HORAS ESTOY DE VUELTA...

BUENOS DÍAS, SEÑORA, ¿QUÉ LE PONGO?
UN CAFÉ CON LECHE DESCAFEINADO DE MÁQUINA Y UNAS TOSTADAS CON MANTEQUILLA.
¡MARCHANDO!
Y CON MERMELADA DE FRESA...
... Y EL CAFÉ CON LA LECHE CALENTITA PERO QUE NO QUEME.
... Y NO TE OLVIDES DE PONERME DOS DE SACARINA.
¡VALE!
¡PERDONA!
¿¡QUÉ!?
... UN VASITO DE AGUA FRÍA, POR FAVOR.

SE DICE QUE LOS CAMAREROS SON LOS SERES CON MÁS PACIENCIA DEL MUNDO... AUNQUE A VECES COMPENSA.

CHICOS, ¿LA COCA-COLA PARA QUIÉN ERA?
BLA BLA BLA BLA BLA BLA
¿PARA NADIE? ME HABRÉ EQUIVOCADO...
BLA
BLA BLA BLA BLA
PERDONA, TE HABÍAMOS PEDIDO UNA COCA-COLA.
AQUÍ TIENES...
¡AY! ESA CABEZA...
¡¡¡GGRRRR!!!

PERO SI HAY ALGO QUE SACA DE QUICIO A CUALQUIER CAMARERO SON LOS DOMINGOS DE PARTIDO.

POR SI NO SE VIERAN SUFICIENTE DURANTE LA SEMANA, JORGE Y CHRISTIAN QUEDAN EN SU DÍA DE DESCANSO EN OTRO BAR DEL BARRIO...

¿ME PONES UN CORTADO PARA LLEVAR?
¡DANA! ¿QUÉ HACES TÚ POR AQUÍ?
PUES A POR UN CAFÉ YA QUE TÚ NO LO QUIERES SERVIR HOY...
YO TE SIRVO UN CAFÉ CUANDO QUIERAS. MENOS LOS LUNES, QUE NO LOS CAMBIO POR NADA DEL MUNDO.
¿NI POR TU CLIENTA FAVORITA?
POR CIERTO... ESTO... ¿RECIBISTE MI MENSAJE?
¿QUÉ MENSAJE?
TE ESCRIBÍ POR EL CHAT DE ESA APP DE CITAS HACE SEMANAS...
¡OSTRAS! VAYA... LO SIENTO.

UNA NOCHE DE COPAS ME LA DESCARGARON MIS AMIGAS PARA BUSCARME PAREJA Y...
ME DIO VERGÜENZA Y LA BORRÉ. ASÍ QUE NO VI TU MENSAJE. ¿QUÉ PONÍA?
"HOLA..."
¡JA! ¡JA! ¡JA! PERO SI YA NOS SALUDAMOS CADA DÍA EN LA VIDA REAL.
¡JA! ¡JA! ¡JA!
¡JA! ¡JA!
¡JA! ¡JA! ¡JA!
¡JA! ¡JA!

ALGUNAS MAÑANAS (AUNQUE SEAN POCAS) LEVANTAR LA PERSIANA LE SUBE A UNO EL ÁNIMO...

¡¡¡NO ES NI OTRO GASTRO NI UNA FRANQUICIA!!!
¿QUÉ LE PASA? ¿LE ESTÁ DANDO UN ICTUS?
¿QUÉ ESTÁ PASANDO?
¿QUÉ DICES, MANOLO?
¡SALID FUERA A VERLO!

BAR MANOLO
¡ES UN TALLER!
¡PATINETES!
TALLER
VENTA
SCOOTER
ALQUILER
SCOOTER
¡TE LO DIJE! NO TENÍAS QUE PREOCUPARTE.

Y AHORA, TODOS PARA DENTRO QUE ESTO HAY QUE CELEBRARLO. ¡INVITO YO!
BAR MANO
¿QUÉ HA PASADO QUE VENÍS TAN CONTENTOS?
CHICOS, ¿HABÉIS VISTO? ¡ES UNA TIENDA DE PATINETES!
¡CLARO QUE SÍ! ¡VIVA EL BAR MANOLO!
¡VIVA! ¡VIVA!
SÍ, QUE VIVA... AHORA ESPERO QUE NO ME FASTIDIE A MÍ EL NEGOCIO...

BUENO, COMPI, ME MARCHO. ¡NOS VEMOS MAÑANA!
JORGE, ¿QUEDAMOS DENTRO DE UN RATO EN EL CALIFORNIA?
VALE, HOY NO TENGO PLAN.
BAR CALIFORNIA
PONME UN CORTADO CUANDO PUEDAS, POR FAVOR.
¿QUÉ HACES, CHRISTIAN? ¡PARECES UN CRÍO!

¡DANA! ¿QUÉ HACES AQUÍ?
HE QUEDADO CONTIGO
¿CONMIGO? YO ESTOY ESPERANDO A CHRISTIAN...
¿ESTAS SEGURO?
CHRISTIAN ME CONTÓ LO QUE SIENTES POR MÍ Y PLANEÓ ESTO. ES UN LIANTE, YA SABES.
Y... ¿ES MU-MU-MUTUO EL SENTIMIENTO?
¿TÚ QUÉ CREES?

LOS BARES ESTÁN LLENOS DE ANÉCDOTAS, PERO ¿QUIÉN NOS IBA A DECIR QUE ENTRE TODAS LAS HISTORIAS DEL BAR MANOLO ENCONTRARÍAMOS UNA DE AMOR?
BAR MANOLO
TALLER
VENTA
SCOOTER
ALQU

BAR MA
CERRADO POR DESCANSO DEL PERSONAL

ME GUSTARÍA AGRADECER PRIMERO A TODOS LOS COMPIS POR SEGUIRME EN LAS REDES SOCIALES. HEMOS CREADO UNA GRAN PLANTILLA Y ESO SIN VOSOTROS NO HUBIERA SIDO POSIBLE.
TAMBIÉN A LOS CLIENTES AMABLES Y PACIENTES QUE HACEN QUE NUESTRO TRABAJO SEA MÁS LLEVADERO Y ALEGRE.

A MIS AMIGOS RAMÓN, XEVI, DANI, KLAUDIA Y BELINDA, POR LA PACIENCIA QUE TIENEN CONMIGO CUANDO NO DEJO EL MÓVIL NI UN MINUTO POR LO MUY INVOLUCRADO QUE ESTOY EN MI PLANTILLA DE SOY CAMARERO.

A CARLOS Y LAURA DE @INFOCAMAREROS, POR APOYARME Y AYUDARME A DEFENDER LOS DERECHOS LABORALES DE LOS HOSTELEROS.
A MIS HERMANAS Y HERMANO, NOELIA, DANA Y CHRISTIAN, POR DAR NOMBRE A LOS PERSONAJES DE ESTA NOVELA.

Y POR SUPUESTO, A MI MADRE, QUE TAMBIÉN ES CLIENTA MÍA Y ME HA DADO IDEAS (CLIENTA DE LAS BUENAS, ¡EH!).

GRACIAS TAMBIÉN A XARLY POR DAR VIDA TAN MAGISTRALMENTE A LOS PERSONAJES. Y, POR ÚLTIMO, MI AGRADECIMIENTO A LA EDITORIAL, POR APOSTAR POR ESTE LIBRO Y AYUDARME EN TODO LO QUE HE NECESITADO PARA QUE ESTO FUERA PERFECTO Y REAL.

SOY CAMARERO

GRACIAS A LA EDITORIAL Y A JESÚS,
POR PONER ESTA HISTORIA EN MIS MANOS.

GRACIAS A MI FAMILIA,
POR TODAS LAS HORAS ROBADAS.

PERO SOBRE TODO
GRACIAS A TODAS LAS PERSONAS
QUE ESTÁIS DETRÁS DE UNA BARRA.

LUCREATIVO

DICCIONARIO
CAMARERIL

LO QUE EL CAMARERO DICE VS. LO QUE EL CAMARERO PIENSA

LA PROPINA NO ES OBLIGATORIA.

PERO ESTÍRATE UN POCO ANDA.

UN MOMENTO, POR FAVOR.

CUANDO TENGA UN HUECO TE ATIENDO, AGONÍAS.

LO SIENTO, LA COCINA ESTÁ CERRADA.

¿CÓMO TIENES LA CARA DE VENIR A ESTAS HORAS?

AHORA LE CALIENTO UN POQUITO MÁS LA LECHE.

SE LE VAN A DERRETIR LAS PAPILAS GUSTATIVAS.

¿ESE NIÑO ES SUYO?

VIGILE A SU HIJO, QUE YO SOY CAMARERO, NO CANGURO.

HOLA, ¿CÓMO ESTÁ?

ES UNA FORMA DE SALUDAR... NO ME CUENTE SU VIDA.

PERDONE, ¿QUIERE TOMAR ALGO MÁS?

¿SE VA A PASAR EL DÍA AQUÍ CON ESE CAFÉ?

NO TENEMOS CHUPITO «DE LA CASA».

TENEMOS, PERO NO PARA CLIENTES COMO TÚ.

LO SIENTO, SON NUESTROS PRECIOS.
YO NO PONGO LOS PRECIOS, NO LO PAGUE CONMIGO.
ENSEGUIDA LE TRAIGO EL PEDIDO, PERDONE.
EN COCINA HAY UNA PERSONA, NO UNA THERMOMIX.
PERDONE, TENEMOS QUE CERRAR.
¿NO TIENE CASA?
NO SE PREOCUPE, AHORA LE PONGO EL CAFÉ PARA LLEVAR.
¿NO PODÍA HABERLO DICHO ANTES, SER UNICELULAR?
AQUÍ TIENE SU ENTRECOT POCO HECHO.
SI AÚN LO QUIERE MÁS CRUDO, EL PRÓXIMO QUE TRAIGA MUGIRÁ.
PASO, POR FAVOR.
DÉJAME PASAR QUE ME VAS A TIRAR LA BANDEJA, JODER.
NO PASA NADA, AHORA VUELVO A FREGAR.
¿ESTABAS ESPERANDO A QUE FREGARA PARA IR AL WC?
TARJETA RECHAZADA. SEGURO QUE ES PORQUE ESTÁ RAYADA.
VAMOS, QUE NO TIENES UN DURO EN EL BANCO.
ES UNA TAPA DE CORTESÍA POR CADA BEBIDA.
ESTE QUIERE CENAR GRATIS POR PEDIR UNA CAÑA.

FAUNA DE BAR

EL CLIENTE TELARAÑA

SE LE DICE CLIENTE TELARAÑA AL QUE SE PASA MÁS HORAS EN EL BAR QUE EL PROPIO CAMARERO.

CLIENTE SUMILLER

CUANDO EL CLIENTE VA DE SUMILLER PROFESIONAL PERO RESULTA QUE NO DISTINGUE UN TEMPRANILLO DE UN KALIMOTXO.

CLIENTE FANTASMA

SON ESOS CLIENTES QUE DICEN CONOCER AL JEFE CON EL PROPÓSITO DE TENER UN TRATO ESPECIAL O DE QUE SE LE INVITE A UNA CERVEZA.

EL CLIENTE CARA LADRILLO

ES ESE CLIENTE QUE SE QUEJA DE CADA BEBIDA Y PLATO SERVIDO (SIN DEJAR NI UNA MIGA EN ÉL) PARA REGATEAR EL PRECIO FINAL.

EL CLIENTE VOLCÁN

SE LLAMA ASÍ A LOS CLIENTES QUE POR MUCHO QUE LES CALIENTES EL CAFÉ CON LECHE NUNCA ES SUFICIENTE. HABRÍA QUE BAJAR AL INFIERNO PARA PODER OBTENER LA TEMPERATURA DESEADA.

EL NO CLIENTE

ESA GENTE QUE ENTRA EN EL BAÑO SIN CONSUMIR, SIN SALUDAR NI AL ENTRAR NI AL SALIR, GENTE QUE TE PIDE CAMBIO PARA SUS COSAS O GENTE QUE YA TIENE EL WIFI DEL BAR Y SE SIENTA EN LA TERRAZA A DISFRUTAR DE ÉL.